LA ROBE DE NUIT

Véronique Janzyk

ONLIT — EDITIONS

À toi que j'ai toujours connue

Tu n'as pas fait de chute
Non
Tu as cherché à t'extraire d'une voiture
Il y avait de la tôle au-dessus de toi
Tu as raison
Il y avait le sommier métallique de ton lit
Tu avais glissé dessous

Tu as maintenant une voisine
Elle s'appelle Georgine
Sa mère Aline
Ses enfants, personne ne sait
Elle ignore d'où elle vient
Avant elle habitait Liberchies
Elle n'y habite plus
Un endroit comme ici ça ne s'habite pas
Il peut se trouver
N'importe où

Ses doigts collent
L'infirmière humidifie une serviette
en papier
Ça colle toujours
Ce qu'il lui faudrait
C'est de la grande eau
Et un essuie-main
Le sien
Et que l'essuie finisse dans le cou
Il faudrait ça
Pour être bien
Au moins un peu droite
La machinerie du lit
A beau être sophistiquée
Le coussin n'est jamais
À la bonne hauteur

Ta voisine voudrait
Que tu la prennes par la main
Je me demande où vous iriez ainsi
Toutes les deux
Et si vous iriez
Ou si vous resteriez
Là
La main de l'une dans la main de l'autre
Et on ne saurait plus qui tient qui
Vos mains se ressemblent
Je crois que vous iriez
Car ta voisine veut sortir et rentrer
Mais où ?
Du coup toi aussi tu veux rentrer
Ce n'est pas que tu veuilles
Tu rentres
Tu te lèves
Où est la sortie ?
Tu t'en vas
Chez toi
Tu concèdes de rester une nuit encore
Mais tu exiges
Une clé pour toi
Une autre pour ton mari
Et une troisième pour ta mère

Tu cherches l'adresse de ton mari pour lui
écrire
Il s'est donc éloigné
Ça ne semble pas t'étonner

Le médecin qui t'est affecté
Est un stagiaire
Il s'appelle Valentin
Il vient de passer six mois aux urgences
Ici c'est bien différent
On ne passe pas un jour
Une nuit
On reste
Lui est là pour six mois
Pour parler il s'assoit
À cause de ses notes
Posées sur ses genoux
Quel est votre nom ?
Son nom c'est Valentin Falise
C'est écrit
Regardez
Il agite un badge
Pendu autour du cou
Son nom est inscrit dessus
Il y a une photo en noir et blanc
On ne le reconnaît pas

Tu ne veux pas qu'on active
La télé
L'actualité tu l'as déjà
Il y a des migrants
Dans la salle de bain
Faudra payer leur facture d'eau
Alors non merci
Pas de télé

J'écris dans un carnet
Qu'un jour ma mère a oublié
Qu'elle avait une fille
J'écris pendant que toi
Tu trouves de nouveaux mots
Tu enrichis le vocabulaire
Ainsi ce n'est pas un flan
Que tu manges
Mais de la marmelade
Ou de la pâtée
Ce n'est pas une gaufre
C'est une plaquette
Après les mots
Tu t'attaques à la syntaxe
Tu fromages
Tu accueillir une alouette

J'ai roulé dans le noir
Pour voir ce que ça fait
De perdre la vue
J'ai roulé
Sans phare sans lentilles
On n'y voit rien
On ne peut pas rouler longtemps
J'ai rallumé mes yeux
J'ai marché dans le noir
On n'y voit rien
Il faut au moins une loupiote
Une lampe de poche
Parce que marcher
Dans le noir
C'est impossible
On n'avance pas
J'ai marché dans le noir
Une lampe frontale sur la tête
On n'est jamais seule à marcher dans le noir
On croise toujours l'un ou l'autre
Allumé aussi
Des cyclopes
Si on tourne la tête pour se saluer
On est ébloui
On ne voit pas de visage
On ferme les yeux

C’est vraiment noir
On continue
Devant soi il y a
Un cercle de lumière
Comme si le spectacle était terminé
Ou n’avait pas commencé

Les animaux qu’on peut croiser
Ont des yeux comme des bijoux

Il te semble que tout s'allonge
S'effile
Le visage de Marina par exemple
Tu me trouves plus haute
Ce sont les talons je dis
Couchée tu es dans la verticalité
J'espère que nous te relevons
De toute notre personne

Georgine a reçu
De la visite
Toute sa famille
Ça n'en finissait plus d'entrer
Que des filles
Et un mari
J'ai cédé la place
La prochaine fois
Je m'attarderai

La nuit les corps
Se font légers
Plumes ils arpentent les couloirs
À la recherche de lunettes
Parfois on voit mieux
Avec les yeux des voisins

Cette nuit
J'ai conduit un véhicule
Que je n'ai jamais conduit
C'est une roulotte
Je peux nommer ce dans quoi je suis
Avec toi
Mais de ta présence
Avant l'accident
Je n'ai pas conscience
Car la roulotte verse dans le fossé
À cause d'une bordure
À moins que ça soit une ornière
Le choc dans la mémoire
Un haut-le-cœur
Et tu me reviens
Nous tombons
Dans une eau large
Comme une rue
Ta tête surnage à peine étonnée
Donne-moi la main
Tout est silence
J'y plonge

Georgine veut marcher
On lui permet quelques pas
Dans la chambre
Mais c'est dans le couloir
Qu'elle veut aller
C'est là que le soleil brille
Alors on l'assied dans le couloir
On rabat une tablette
Georgine mange de la lumière

Une fois sur deux
Le distributeur change l'euro
En deux pièces
Deux pièces expulsées de l'appareil
Leur trajectoire diverge
Elles roulent aux antipodes
Si on veut suivre les deux du regard
Il y a toujours un moment
Où on perd les deux
Alors on apprend à se concentrer
Sur l'une ou l'autre
Accepter de perdre
C'est le meilleur moyen
De n'être pas perdant
Ou
Pour ne pas tout perdre
Il faut apprendre à perdre un peu
Enfin la moitié quand même

On croit
Qu'on a tout perdu
Restent une poignée
De poussins
Si vivants si forts si jaunes
Ils extraient des ténèbres
Une cour
Un jardin
Une maison
Une famille
Une ville
Un pays
Une vie

Tu demandes s'il existe encore
Des vaches
Parce que là au loin
Il n'y a que de l'herbe désertée

Ta voisine dit qu'elle entend
Les mouches voler
Non non ce n'est pas l'ennui
C'est que vous avez
Une très bonne ouïe

Mon père ne t'écrit pas
Tu suspectes
Une amourette
Décidément le monde
Est bâti
Sur de la boue de l'argile
La troisième substance
Tu préfères la taire

Nos vêtements noyés
Sous la mousse
Réapparaissent au rinçage
Tournent dans un sens
Puis dans l'autre
S'emmêlent reprennent forme

Faudra raccourcir cette chemise
À moins de la mettre à cent degrés
Dans le séchoir

Ah tremper les pieds dans la mer
Quitter cette maison qui retient les gens
À moins que ce ne soit un magasin
Aujourd'hui tu es sortie
Tu as marché juste marché
Rien acheté
Du coup on t'a suspectée d'être un voyou
Tu as failli finir en prison

Deux des quatre ascenseurs ne s'arrêtent
Pas au troisième étage où tu te trouves
Ce n'est indiqué nulle part
Il faut faire sa propre expérience
Sortir
Chercher la double porte du service
Se demander où l'on est
Retourner sur ses pas
Appuyer à nouveau sur le bouton
Pourquoi n'a-t-on pas enlevé
Le bouton de l'ascenseur
Ou au moins occulté
Collé quelques mots
Tant de questions restent posées

J'aime l'odeur des ascenseurs
Les parfums des gens
Qui se mêlent
Et composent une nouvelle fragrance

Une voix jure sur ses yeux
Ses mains ses jambes
Mais que jure-t-elle ?
Et quel est le visage derrière la voix ?

Tu m'as convaincue
Ta mère est vivante
Cent vingt ans au moins
À moi maintenant de t'expliquer
Pourquoi nous ne parvenons pas à la joindre
J'oublie le numéro de téléphone
Il y a de la friture sur la ligne
Ta mère est absente
Encore en promenade
Un mensonge chaque jour
Je me prends à rêver
Du temps d'avant l'invention du téléphone

Ça ne sert à rien de crier
Elle ne sortira pas de la chaise
Qui est faite pour qu'on n'en sorte pas
Alors elle étudie
La chaise son rebord l'accoudoir
Elle en fait le tour avec douceur
Aussi loin qu'elle peut elle s'étend
Ses doigts se posent à peine
On ne sait jamais
Un déclic
Une ouverture
La libération
Elle recrie un peu
Sa voisine dit arrêtez de crier
Ou je vous envoie
Dans un sous-sol
Sur une île dans une kasbah
Mais j'y suis déjà
Répond l'autre
Puisque c'est ainsi
Elle va se lever
On verra ce qu'on verra
Elle va inonder la pièce de merde
Il y en aura jusqu'aux pieds de l'autre
Ça sortira par la fenêtre
Ce sera sur le parking dans les rues

Mon Dieu aidez-moi elle dit
Regardez mes jambes deviennent noires
De merde à l'intérieur
Ça va sortir par les orteils
Y aura même pas besoin que je me lève
Pour que le monde soit rempli de ma merde
Et que tout le monde patauge dedans
Ce sera bien fait

La plupart gardent leurs pantoufles
Pour dormir
Pour fuir dès que possible
D'autres dorment les pantoufles
Sur la table de nuit
Et la main posée sur les pantoufles

Tu renvoies tout le monde à l'école
Tu dis ce n'est pas facile
De tout faire pour la première fois

Une petite grosse
En longue robe blanche
Demande s'il n'y a rien de grave ce soir
C'est une religieuse qui file vers sa chapelle

Georgine a froid
Elle voudrait juste mettre une manche
De ton pull juste une
Toi qui aujourd'hui es rayonnante
Tu as tant de chambres !

Je suis rentrée d'une semaine parfaite
Loin de chez moi
Plaisir de retrouver
Mes chats mon lit même mon
Parquet irrégulier
Parquet flottant
Sur lequel on marche
En dansant
Presque
Je suis rentrée en comprenant
Combien
Tu veux sortir

Après c'est la multitude
Des noms de lieux
L'Aurore
Les Jours heureux
En famille
L'Amitié
Les Marronniers
Les Peupliers
Les Tilleuls
Des visages
Des corps
Une femme crie
Elle porte une robe
Criarde
Elle porte la main
Au sexe
Elle serre
Rien en elle
Ne se tait
Tout crie
Elle partage la chambre d'une sourde

Tu as vu avant-hier
Je crois
Des chevaux de Namibie
Pris dans une période de grande sécheresse
La sécheresse n'est pas si grave
Des plantes poussent
De hautes herbes
Qui font office d'eau
On s'abreuve en mangeant
Mais la grande sécheresse c'est la fin
Il faut partir
Les grands chevaux abandonnent les petits
Ou poussent les jeunes à partir
Eux qui sont trop vieux
Tu ne sais plus dans quel sens ça marche
Mais il y en a c'est sûr
Qui ne partent pas
Qui meurent sur place
Tu regardes ton assiette ton verre
La table
Tu manges et tu bois

Je suis le dinosaure
Qui ne sait rien
C'est normal pour un dinosaure
Mais les autres ce n'est pas normal
Qu'ils oublient

Elle fait toutes les voix
La sienne
Où es-tu Alexandre ?
Ça y est tu viens ?
Ça fait dix ans que je ne t'ai pas vu
Tu exagères
Elle est Alexandre qui répond
C'est toi qui exagères ma sœur
Elle est l'infirmière rabat-joie
Il n'y a pas d'Alexandre ici
C'est moi Madame
C'est Angèle l'infirmière
Elle est ma mère
Elle est moi aussi

Depuis que tu es tombée
Tu trouves que le ciel est vide
Pas d'avion pas d'oiseau
Il y a bien eu de la neige ça oui
Les avions sont empêchés
Les oiseaux affamés
Plus le moindre petit ver
Sous la terre
Avec le temps ton visage retrouve sa couleur
Le bleu vire au vert
Le vert vire au jaune
Le sang reprend son cours

Une nuée d'oiseaux traverse le ciel
La nuée s'étend s'élargit
Au moment où elle s'effiloche
Où elle ne va plus ressembler à rien
Au moment où les oiseaux semblent
    se disperser
Ils se regroupent
Ils redeviennent une nuée

Tu ne parles plus de tes jambes
Mais de pattes
Tu as des pattes
Tu glisses tes pattes sous une couverture
Tu lèves les pattes
Ah mes pattes tu dis
Mes pattes mes pattes
Il me plaît à penser que les animaux en ont
quatre

Toutes les portes sont ouvertes
Les numéros sur les portes du coup
Cachés

Comme tu occupes
Au dernier étage la 211
Je présume que vous devez être
Plus de cent
Souvent deux par chambre
Les chambres sont ouvertes
Sur le couloir
On n'y cueille qu'une personne à la fois
Deux yeux c'est trop peu
Mais je vois
Des ventilateurs
Des chaufferettes
Une valise
Un sac de voyage
Des lessives sur des séchoirs
Des fruits dans un plat
Des déambulateurs au milieu des chambres
Comme de vaillants robots
Ici elle tricote
Là il mange
Ici je vois une perfusion
Dressée au milieu de tout

Et personne au bout
Là un visiteur qui déballe
Je n'ai pas vu quoi
Quand je reviens
Et prends le couloir en sens inverse
Je vois ce qui était hors-champ
Des télés souvent
L'une d'elles couvre toutes les autres
C'est elle qu'on entend pratiquement
De bout en bout du couloir
On a droit à une histoire
Le nombre de mots
Correspond au nombre de pas

Une tente blanche et carrée
A été installée sur la berme centrale
La toile cirée est tendue
Prête à craquer
Lisse au possible
Je ne vois aucune entrée
Je ne comprends pas le sens
De ce qui est érigé là
Imagine-t-on de découper une ouverture
Après que l'abri a été dressé
Je surveillerai à l'aller et au retour

En face de l'hôpital entre deux maisons
Accolées
Pousse une troisième
Une nouvelle version de l'ancienne
Qui a été détruite et reconstruite
Des espaces aveugles pour les fenêtres
encore
Mais déjà le velux dans le toit
La façade n'est pas uniforme
Faite au rez-de-chaussée de briques rouges
Coiffées au premier de briques sombres

À table
Les trois Parques
Assises à huit heures midi
Et seize heures
Boivent de la bière sucrée
Elles te regardent passer
À petits pas
Elles te trouvent mauvaise mine
La mine de celle qui n'a pas envie
D'être là
Mais qui a envie d'être ici ?
Demandent-elles en chœur
Tu ne les entends pas
Enfin je crois
Néanmoins tu prendras
Tous tes repas attablée
Dans ta chambre

Il y a des photos glissées
Partout
Plutôt érigées
Dans une boîte sur la table de nuit
À côté du tube de dentifrice
Dans l'armoire où cohabitent le jour et
    la nuit
Les jupes et les robes de nuit
Il y a des visages dans les boîtes de biscuits
Dans le frigo aussi

Tu vois
On ne fait pas que te voler
Je te trouve ce soir
Vêtue d'une chemise de nuit inconnue
Aux petites fleurs discrètes
Presque en filigrane dans le tissu
Sur l'épaule
Quelques gouttes de sang affleurent
Qui a saigné dans le vêtement que tu portes ?

C'est une chose
De fermer les yeux
Si peu
Pour voir
Ce que c'est
De ne pas voir
C'en est une autre
Quand s'abat ou monte la blancheur
Que tombent des épingles d'eau
Qui aveuglent
Vraiment pour le coup
Qui font former des chimères
C'est un cran au-dessus de ne pas voir

Les chimères
Un tunnel
Un pont
Une maison
Un obstacle qui n'existe pas
Plus redoutable qu'un mur
Jusqu'à ce qu'apparaisse
Dans le pare-brise
Le reflet du visage retrouvé

Elle est plus blanche que son drap
Elle est presque aussi transparente
Que le liquide qui coule dans son bras
Elle a la bouche ouverte
Sa porte est ouverte
Chaque fois que je passe je regarde
Je m'arrête sur le seuil
Parfois la tête à droite
Parfois à gauche
Au milieu elle n'a plus la force
Hier sa main s'est soulevée
Dans un petit mouvement d'aller-retour
Sa main en va-et-vient

Il a noué les anses du sac
Comme le sac est en plastique transparent
Je vois les bières
Les bouteilles brunes
Deux
Tête-bêche
Ça doit être de la Rochefort
Je reconnais la large étiquette crème
Je le croise
Au premier au deuxième
Il cherche un ami
Soixante ans
Et déjà ici
Il a pourtant deux maisons il dit
Il suffirait que quelqu'un y passe deux fois
    par jour
Disons
Je ne sais pas ce qu'il a il ajoute
Ses deux maisons si grandes meublées
Et lui ici sans confort
Un lit une chaise une table
Au milieu de tous ces gens
Presque tout le monde ici a une maison
    il ajoute
Des maisons qui attendent quoi
Il repart en cherchant l'ami

Où est-il donc ?
Il agite les bouteilles
Ça va mousser fameux
Quand il l'aura déniché

Un canari ici ?
C'est trop triste tu dis
Tu préfères déposer du pain
Sur l'appui de fenêtre
Tu es au deuxième
Tu as beau être à hauteur d'arbre
Aucun oiseau n'y touche
Les arbres sont désertés
Le pain prend l'eau
Et puis un matin il s'est envolé

On fête les anniversaires
On les regroupe
Tous les deux mois
Les fêtes sont inégales
On est davantage à naître neuf mois
Après les vacances annuelles
On meurt par contre juste avant l'hiver
Je n'ai pas encore assisté à une fête
Mais je viens d'apprendre le décès
De Maurice et de Denise
Survenu après soixante ans de vie commune
Et morts ici à trois jours d'intervalle
On les inhume ensemble lundi
Les Marronniers en sont tout secoués

Il mange
C'est de la haute précision
Pour que rien ne tombe de la fourchette
Il serre les dents
Et puis en fin de repas
Je ne sais si c'est d'avoir toujours faim
Ou plutôt la satiété qui le fait parler
Il raconte son emploi de fiscaliste
Sa femme décédée il y a cinq ans
Lui se croit à l'hôpital ici
Il a six frères et un seul vivant encore
Son père était polonais
Enfin non pas son père
Celui qui l'a élevé
Il se souvient de quelques mots
De polonais il les énumère
Il les récite
Brat siostra sin matka
Je les traduis pour la tablée
Frère sœur fils mère
Et puis il se souvient aussi
Des mots seins et cul

Tous se taisent en mangeant
C’est vrai qu’on ne parle pas la bouche pleine
Mais quand même
Du coup on se tait aussi
On est assimilés à la communauté
des mutiques
On est comme eux

Nous sommes tous assis
Lui seul bouge
Il évolue
C'est une lente approche
L'infirmière qui le pousse semble danser
Il cliquette
Il est coiffé d'assiettes à dessert
Elles-mêmes coiffées de morceaux de gâteau
Une belle strate de crème au milieu
    de la pâte
Et une plus grosse tout au-dessus
La crème tremblote quand le chariot avance
Mais elle ne se décroche pas
Elle a été coupée au couteau
Avec une précision remarquable
J'ai vite compris qu'il n'y en aurait pas pour
tout le monde
De ce beau gâteau
Les accompagnants ont droit
Aux portions des absents
Savoir que j'écoperai
De la ration d'un solitaire
D'un désespéré
D'un malade
Ne m'empêche pas
D'avoir faim

Me revient en mémoire la blancheur
De la potion magique qu'enfant je préparais
Elle était faite d'eau
Et d'herbe
J'arrachais l'herbe
Pour qu'elle soit magique
Il fallait veiller à ce que les racines restent
en place
Ne pas les arracher
Juste l'herbe
C'est tout un apprentissage
De réussir une potion pareille
Je me souviens qu'au matin je la trouvais
gelée
Le seau était un énorme glaçon
En y regardant bien on voyait quelques
traits de vert
Dans la masse
Je n'ai jamais compris comment l'herbe
pouvait être si verte en hiver
Tout simplement comment on pouvait
en trouver
C'était vraiment une potion magique

Ceux qui rient volontiers
Ceux qui n'ont jamais été aussi bien qu'ici
C'est ce qu'ils disent
Ceux qui pleurent
Il y a ceux qui pleurent le matin
Ceux qui pleurent l'après-midi
Le soir c'est plus rare
Ceux qui parlent d'eux
    à la troisième personne
Ce sont des femmes souvent

Chacun dans sa chambre
La chambre du présent
Les autres pièces ont disparu
Mais les pièces contiguës subsistent
Habitées
Ce n'est plus une maison
On appellera ça un refuge
Les mêmes pièces
Pour des gens qui se ressemblent

Non seulement tu inventes
    un nouveau langage
Trouves un sens neuf aux mots
Mais tu détournes les objets de leur usage
Tu transformes un rasoir en cuiller
Es-tu la première au monde à le faire
Et sans te couper s'il te plaît

Dans le tiroir cohabitent tant de choses
Des couverts du sucre renversé
des bandes Velpeau bien roulées
une brosse à cheveux
un peu de terre je crois
qu'as-tu voulu planter ?

Chacun ici partage le goût de l'interdit
Glisser une cale sous la porte de l'entrée
Pour se ménager une sortie pour la nuit
    pour toujours
Ne plus jamais être enfermé
Faire sa lessive dans l'évier dans la douche
    dans la baignoire médicalisée
Garder du pain par-devers soi
Pour les oiseaux qui finiront bien par revenir
Tout le monde ici complote

On achète une boîte bien compartimentée
Pour au moins ranger les rasoirs loin
    de la bouche
Dans la garde-robe
Mais toujours ils reviennent près de la tête
Têtus

La robe de nuit qu'on t'a interdit de laver
Qu'on a humide roulée en boule dans un sac
de plastique étanche
J'en ai rêvé
Elle avait séché
Elle était repassée
Rendue plus épaisse je crois
Je rentrais dans la chambre
Je te voyais de dos
Tu la portais

Gilberte attend le bus
Toute la journée elle l'attend
Sans s'impatienter
Elle s'étonne juste qu'il ne passe pas
Elle attend le suivant
Le jour passe
Jusqu'au lendemain
Où elle attend le premier bus du matin

Elle se souvient de la recette des crêpes
De sa mère des crêpes aux raisins secs
Qu'on imbibe d'eau
Et qui retrouvent presque leur forme
de raisins
Elle se souvient de faits divers
Elle se souvient de ses cors aux pieds
Et de tous les traitements
Sprays badigeons et pommades
Elle se souvient de ses enfants et des enfants
de ses enfants
Mais d'ici elle n'a aucun souvenir
Chaque jour est le premier
Elle doit tout apprendre des visages
Des couloirs
De l'organisation
Du fonctionnement de la télévision
Et de l'éclairage dans la salle de bain
Tout est perpétuellement neuf
Et ce n'est pas pour lui déplaire
Il y a même un certain contentement
dans sa voix
De faire chaque jour connaissance avec moi
Hier, il y avait comme un léger soupçon
de surprise dans ma voix
En la voyant

Hier, j'ai été surprise de la voir
Son étonnement est contagieux

Les cheveux ce qui leur va le mieux
Ce n'est pas les laver tête penchée en avant
En arrière aux bons soins d'un coiffeur ou
d'une coiffeuse
Ce qui les rend soyeux et beaux sans nœud
C'est de les laver debout
L'eau qui coule sur le corps profite encore
aux cheveux on dirait
La douche c'est une fois par semaine
Les laver assis nus sur une chaise
ça marche aussi

Elle est assise
Le bras en écharpe
Les jambes croisées
Dans la soixantaine
Elle a chu
Elle décrit un long trottoir
Fait de larges dalles
Et soudain une prairie
Tout son corps face à la terre
Épaule déboîtée
Où vous a-t-on opérée ?
Ici elle dit
Ça vous paraît étrange ? elle demande
 à la suite
Elle a lu l'étonnement sur mon visage
Elle pour qui le monde perd de sa lisibilité
Elle lit ce que je n'ai pas pu cacher
C'est toujours surprenant
On a beau s'y attendre
On ne s'y fait pas
Je réponds que non non
Ça ne m'étonne pas
Sables mouvants

On les décolle
On les descend
On les arrache
On les déchire
On les cache
On les lave
On les réduit en confettis
Les couches-culottes les culottes les langes
    les protections
Il y a tant de mots pour les nommer
Nommer pour imposer
C'est le mot qu'on coupe menu menu
Il disparaît
Il n'a jamais existé

Tu regardes des arbres
Ils doivent être centenaires non ?
Tu regardes des documentaires animaliers
Hier tu as vu des oiseaux de partout
    dans le monde
Tous différents dans la manière d'élever
    les petits
Une femelle d'une espèce rare
Refuse les avances de tous les mâles
Jusqu'à ce que son petit ait atteint l'âge
    de six mois
Et quitte le nid
Alors la mère est disponible

Tu évoques des oiseaux qui ne sont pas
Migrateurs mais qui migrent
    quand c'est nécessaire
Il y a aussi ces poules qui attendent des petits
Chacune un seul sur une vie
Qui pondent un seul œuf ? je demande

Ta voisine de chambre est morte
Tu dis
Je vais arroser sa plante quelques jours
    là où elle est
Puis je la mettrai à côté des miennes

Je cherche une tasse pour le micro-onde
Dans ce lieu toute la vaisselle est en plastique
Les assiettes les tasses
Sauf les bols et les couverts
Pourquoi les bols
Je demande à l'une si elle peut me prêter
    une tasse
Comment donc
Elle en a même quatre
Mais au moment de m'en tendre une
On n'en retrouve aucune
Je refais le chemin qu'elle a fait
La manne à linge, la salle de bain,
    la garde-robe, le frigo
Mais il n'y a pas de tasse
C'est qu'on lui a volé
Elle va aller se plaindre et je serai témoin
Vite avant qu'elle n'ait tout oublié

Ils attendent
Dans le hall habillés
Un sac aux pieds
La visite d'un enfant
Un bus pour rentrer à la maison
Qu'on vienne les chercher
Leur attente n'est pas déçue
Car le simple fait d'attendre est déjà
une résolution
Demain ils recommenceront
Dans le hall habillés
Un sac aux pieds
À attendre le bus un enfant
Le même espoir et pas de déception

Tu prends pour repère les voitures sur
le parking
Elles arrivent le matin
Partent le soir
Ça fait une journée de passée
Seulement il y a l'équipe de nuit
Que tu comptes pour un nouveau jour
Le temps te semble donc deux fois plus long

Ses supports ce sont des boîtes
Les adresses et les numéros de téléphone
Elle les note sur des boîtes
Il y a là une boîte d'allumettes
Un étui à éventail
Une boîte de chocolats
L'adresse d'Andréa le numéro de Lisette
Andréa c'est la voisine Lisette la sœur
Un troisième nom mais qu'a-t-elle
donc écrit ?
Elle se promène dans le couloir
En serrant les boîtes contre elle

Les chutes sans séquelles n'en sont pas
moins critiques
Qui rendent le pas moins sûr
On n'ose plus peser sur le sol
On hypothèque son avancée
On reste immobilisé par la peur
Quelque chose dans le ressort de la marche
est cassé

La préposée commente les décès
Unetelle n'était pas prête vraiment pas
C'est quoi être prêt
Je ne pose pas la question

Celles qui revêtent leur robe de nuit
Avant qu'on ne vienne la leur mettre
Grappillent un peu de liberté
S'y exercent de tout leur corps
Lèvent les bras
Restent parfois prisonnières du vêtement
Et du temps
La nuit pour elles commence plus tôt

Je n'ai jamais su te passer
Ta robe de nuit
Toujours le coude accroche
Tu parais plus grande
Que la robe de nuit

Les hommes jamais ne circulent
En pyjama

Madame Deden est fumeuse
Elle a tantôt en main
Un briquet qu'on a vidé de toute substance
Ou une cigarette qu'elle n'allumera pas
Je ne la vois jamais avec l'un et l'autre
    en main
Toi tu dédoubles les choses
Tu as ton collier autour du cou
Et tu le cherches dans ta poche
Le téléphone repose sur la table de nuit
Mais tu le cherches
Tu cherches le deuxième
L'ombre
Le double

Quand je suis dans la chambre
Tu sors
Tu dis que tu vas faire un tour
J'attends
J'ouvre la porte
Tu arrives
Tu rentres et tu souris
Comme si tu rentrais chez toi

Elle dit qu'elle a eu
Deux fois
La maladie de l'oubli
Elle dit que raconter
Plusieurs fois les mêmes histoires
C'est le contraire de l'oubli
Non ?

Elle dit qu'on ne peut pas dire
Que sa mère est désorientée
Elle se croit en septembre et alors ?
Elle est dans un monde où septembre
    n'existe pas
Il n'y a plus de mois ni de saison
C'est tout
Est-ce grave ?

Tu as toujours un mot dans un coin de la tête
Ou sur la langue
Moi c'est à toi qu'en permanence je pense

J'ai longtemps cru que le recours à
    la vaisselle en plastique
Était justifié par le risque de casse
Je comprends aujourd'hui que légère
    elle soulage les articulations

À peine a-t-elle posé la question
Qu'elle la reformule
Qui êtes-vous ?
Avec la même intensité
La même urgence
Une grande actrice n'y parviendrait pas
La question encore et toujours posée
pour la première fois
J'essaie d'y répondre avec
la même conviction
Mais l'affirmation s'émousse
Alors je modifie la réponse
J'invente un peu
C'est moins grave que la lassitude
dans la voix
Qui suis-je ?

Ses pattes sont nues
Ses quatre pattes
Dépassaient d'une cage
Puis on est venu et on a emmailloté l'oiseau
Parce que c'était un oiseau
C'est ce que tu dis
Puis tu dis que non
Tu cherches le mot
C'est le mot captif
L'humain était captif d'un lit à barreaux
Il cherchait à s'en dégager
Ses quatre membres dépassaient
Seul un animal ou un humain
    peut être ainsi entravé
Et vouloir se libérer
Tu vas caresser le front
De l'homme
De l'animal
C'est pareil

Au début il y a du bruit
Des pas des chariots des voix
Au début je ne le vois pas
Il n'existe pour ainsi dire pas
Pourtant il est là
Sur une table dans un couloir
Un appui de fenêtre
Il se met à exister
Indéfinissable
J'ai senti l'odeur des repas
Des nettoyages et des soins
Un jour un parfum supplante tout
Ce n'est qu'un petit bouquet de fleurs
Qui résiste
À peine les étamines tombent-elles
Pointillés sur les corolles blanches
Qui ne se corrompent pas
Tout sent bon
Peu de temps après la disparition
Du bouquet
On en livre un chez moi
Par erreur
Avant que le livreur ne l'emmène
J'y vois deux trois fleurs
De celles qui t'ont accompagnée
Qui m'ont accompagnée

Je demande leur nom
C'est la première fois
Que je respire des mots

J'ai décidé de marcher vers toi
Chaque fois que tu m'appelles
Aujourd'hui je l'ai fait
Mais tu dormais
Je crois que
Je t'entends
Même quand tu ne m'appelles pas
Je me dis que les pas que je viens de faire
Sont les mêmes
Que les autres
Que les pas avec ta voix au début et au bout
Je dirais même plus
Je n'ai plus besoin que tu m'appelles
Pour t'entendre

Découvrez l'ensemble du catalogue sur
www.onlit.net

ISBN : 978-2-87560-106-3
Dépôt légal : D/2018/13.394/36
Première édition : Octobre 2018
Imprimé dans l'Union européenne

Composition de la couverture : Studio Alvin
Versions epub & kindle : LEC Digital Books
Avec le soutien de Hélice Productions
Avec le soutien de la Fédération Wallonie-Bruxelles